CLINIQUE OPHTHALMOLOGIQUE.

ÉCLAT DE FER

dans la chambre antérieure;

EXTRACTION AVEC L'ÉLECTRO-AIMANT,

PAR

LE Dʳ A. DUJARDIN,

Professeur suppléant à la Faculté libre de médecine de Lille,
Lauréat de la Faculté de Paris.

LILLE,

AU BUREAU DU *JOURNAL DES SCIENCES MÉDICALES*,

65, RUE DU PORT.

1885.

CLINIQUE OPHTHALMOLOGIQUE.

ÉCLAT DE FER DANS LA CHAMBRE ANTÉRIEURE;

EXTRACTION AVEC L'ÉLECTRO-AIMANT.

CLINIQUE OPHTHALMOLOGIQUE.

ÉCLAT DE FER

dans la chambre antérieure;

EXTRACTION AVEC L'ÉLECTRO-AIMANT,

PAR

LE Dʳ A. DUJARDIN,

Professeur suppléant à la Faculté libre de médecine de Lille,
Lauréat de la Faculté de Paris.

LILLE,

AU BUREAU DU *JOURNAL DES SCIENCES MÉDICALES*,

56, RUE DU PORT.

1885.

ÉCLAT DE FER DANS LA CHAMBRE ANTÉRIEURE;

EXTRACTION AVEC L'ÉLECTRO-AIMATT.

L'emploi de l'électro-aimant dans les cas de pénétration à l'intérieur de l'œil de paillettes de fer ou d'acier, constitue un progrès très réel de la chirurgie oculaire. Ce mode d'intervention si simple en même temps que si rationnel, dont la valeur a été mise hors de toute contestation par de nombreux succès à l'étranger, ne paraît pas encore avoir gagné la confiance des oculistes français. A ce titre, nous avons cru bon de relater un fait tout récent de notre pratique qui justifie pleinement l'accueil favorable fait par nos voisins à cette nouvelle méthode.

Il y a un an à peine, le Dr Simeon Snell faisait paraître à Londres une monographie de plus de cent pages sur cette intéressante question (1), rappelant les travaux antérieurs publiés sur ce même sujet par Hirschberg à Berlin, Bradford en Amérique, Mac Hardy en Angleterre. Il faut y ajouter une

---

(1) The electro-magnet and its employment in ophthalmic surgery. — London Churchill, 1888.

étude très consciencieuse en même temps que très complète dûe à notre compatriote le Dr Yvert et insérée au Recueil d'ophthalmologie de 1882. (1).

L'idée de ce dernier travail avait été inspirée à l'auteur par la communication d'une observation remarquable présentée à la Société de chirurgie de Paris en 1881 par Galezowski. Il s'agissait d'une blessure de la cornée, de l'iris et du cristallin produite par un éclat de fer qui s'était définitivement logé dans la rétine. Au moyen d'une sonde aimantée promenée dans le corps vitré par une ouverture faite au préalable à la sclérotique, Galezowski fut assez heureux de retirer la paillette de fer et obtint en très peu de temps la guérison de son malade.

A propos de cette observation Yvert a fait un travail d'ensemble sur la question et cette étude pourrait être ajoutée comme un appendice utile au Traité qu'il nous donnait peu de temps auparavant sur les blessures du globe oculaire. Yvert nous donne résumées en trois tableaux :

1° Les observations de corps étrangers de l'iris extraits au moyen de l'aimant (4 cas) ;

2° Les observations de corps étrangers du cristallin extraits par cette même méthode (2 cas) ;

3° Enfin les observations de corps étrangers de l'humeur vitrée extraits de la même façon (16 cas).

Depuis la publication de cet important travail, les observations se sont multipliées et foisonnent dans les recueils étrangers (2) ; en France, malgré le succès si encourageant obtenu

---

(1) De l'extraction des corps étrangers du globe de l'œil (morceaux de fer ou d'acier) au moyen de l'électro-aimant. (Recueil d'ophth., juillet 1882, p. 385.)

(2) Des corps étrangers de l'œil et des services que peuvent rendre les électro-aimants, par Hardy (Bost. Med. and Surg. Journ., 10 mars 1881).

— Extraction d'un corps étranger de l'œil au moyen d'un électro-aimant, par Bronner et Appleyard (Brit. Med. Journ., 1881).

— L'emploi de l'aimant pour l'extraction des particules de fer de l'intérieur de l'œil, par Krenchel (Nordisk. Med. Ark., XIV).

par Galezowski, elles ont continué à être très rares, pour ne pas dire absentes.

Le fait que nous allons rapporter est moins compliqué que celui de Galezowski ; il ne s'agissait pas chez notre malade d'un cas de pénétration dans le corps vitré, l'éclat de fer était logé dans la chambre antérieure ce qui simplifiait beaucoup les manœuvres d'extraction puisqu'on apercevait nettement le corps du délit. Voici cette observation qui date de quelques jours à peine :

OBSERVATION. — A. Delettrez, 26 ans, ouvrier charpentier, de Sequedin, se présente le 29 décembre 1884 à ma consultation ; blessé

— De l'emploi de l'électro-aimant dans l'extraction des particules de fer, par Howe (Buffalo Med. and Surg. Journ., mars 1883).

— Sur l'extraction par l'aimant des particules de fer dans l'intérieur de l'œil, par Hirschberg (Berl. Klin. Woch. 1883, n° 5).

— Extraction d'une particule de fer du corps vitré au moyen de l'électro-aimant, par Klein (Deutsch. Med. Wochstr., n° 52, 1882).

— Extraction d'une particule de fer du corps vitré avec l'électro-aimant, par Schirmer (Deutsch. Med. Woch., n° 47, 1882).

— Un corps étranger extrait par l'aimant, par Pargamin (Vratsch., n° 38, 1883).

— Sur l'utilité du magnétisme pour l'extraction des particules de fer du globe oculaire, par Zahl (Dissert. Greifswald, avril 1883).

— L'emploi de l'aimant dans la chirurgie oculaire, par Falleroni (Il Margagni, n° 2, 1882).

— L'électro-magnétisme en oculistique, par Voltolini (Deutsch. Med. Woch., n° 20, 1883).

— Extraction des fragments d'acier par l'électro-aimant, par Wherry (Brit. Med. Journ, 6 janvier 1683).

— Extraction au moyen de l'électro-aimant d'un fragment d'acier implanté dans l'œil, par S. Snell (Brit. Med. Journ., nov. 1883).

— De l'électro-aimant pour l'extraction des corps étrangers de l'œil, par Olaf Page (Med. News, 22 7er 1883).

— Extirpation d'une paillette de fer du corps vitré par l'électro-aimant, par Fraenkel (Deutsch. Med. Woch., n° 46, 1883).

— Deux cas d'extraction par l'électro-aimant d'un fragment de fer dans le corps vitré (Eales, (the Lancet, mars 1884).

— Un corps étranger dans le sac lacrymal extrait au moyen de l'électro-aimant, par Ammundsen (Hosp. Tidende et Nordisk-Arkw, XVI, n° 14).

— Une série de cas d'extraction par l'électro-aimant, par Griffith (Ophthalmic Review, nov. 1883).

huit jours auparavant à l'œil gauche par un éclat de fer qu'il ne suppose pas resté dans l'œil. Il a pu continuer son travail, mais depuis 48 heures son œil le fait plus souffrir qu'immédiatement après l'accident et la rougeur a beaucoup augmenté.

État actuel : œil photophobique, larmoyant ; rougeur et empâtement de la conjonctive bulbaire. L'inspection de la cornée ne fait pas découvrir l'existence d'un corps étranger à sa surface. Les paupières sont retournées, les culs de sac supérieur et inférieur sont soigneusement explorés, sans aucun résultat. En regardant l'œil obliquement, on découvre la cause de cette inflammation oculaire, consistant dans la présence d'une petite paillette de fer de 2 millimètres environ, incrustée entre la cornée et l'iris dans l'encoignure de la chambre antérieure, en haut, à 2 millimètres en dehors du diamètre vertical de la cornée. Se présentant de champ lorsqu'on regarde l'œil en face, cette paillette n'est guère visible et c'est ce qui explique comment de prime abord elle nous a échappé. Cette particule métallique paraît engagée par son extrémité antérieure dans les lamelles profondes de la cornée tandis que par l'autre extrémité elle semble en contact avec l'iris.

Pour examiner plus facilement cet œil photophobique, nous instillons quelques gouttes de la solution de cocaïne : au bout d'un quart d'heure, l'œil supporte infiniment mieux l'examen, mais le contact des instruments détermine encore de la part du malade de brusques contractions orbiculaires. Nous préférons remettre au lendemain matin extraction du corps étranger, après avoir anesthésié complètement le malade.

Le 30 Décembre nous procédons à cette opération, sur le malade anesthésié ; en cas de besoin, nous avons préparé l'électro-aimant de Hirschberg que nous nous proposons d'employer si les tractions avec la pince restent insuffisantes.

Avec le couteau de Graefe nous commençons par rouvrir la plaie faite à la cornée par l'éclat métallique. La chambre antérieure se vide aussitôt mais la particule de fer ne fait pas saillie au dehors comme on aurait pu s'y attendre. Avec la fine pince à iridectomie nous exerçons des tractions qui restent infructueuses : le corps étranger ne se laisse pas saisir ou s'échappe des mors de la pince : bref il y avait tout lieu de craindre qu'il ne vint à se déplacer, échappant définitivement à nos moyens de préhension.

Nous prenons en main l'électro-aimant, à peine l'avons nous approché de la plaie cornéenne que la particule de fer, avant même que
nous ayons eu le temps de chercher à la prendre, était déjà adhérente
à l'extrémité de la sonde aimantée.

Traitement consécutif : atropine, bandeau. Amélioration considérable dès le lendemain, pupille largemeut dilatée mais irrégulière,
sans synéchies toutefois. Au bout de trois jours, la rougeur a presque
disparu, il ne reste qu'un peu de gêne et la mydriase dûe à l'atropine.

Le fait qu'on vient de lire est des plus concluants : pour
ceux qui assistaient à l'opération, le résultat a été surprenant.
Après de vaines tentatives poursuivies pendant près de cinq
minutes avec la pince, en moins d'une seconde le résultat était
acquis, dès qu'on eût approché l'électro-aimant. L'instrument
dont nous avons fait usage est celui imaginé par Hirschberg
en 1877 : on en trouvera la description complète avec figure
dans un travail paru dans les Archives of Ophthalmology. (1)

Il ne sera peut-être pas inutile de dire en quoi consiste cet
instrument certainement peu connu. Voici à quoi il se réduit
essentiellement:

Un cylindre de fer doux autour duquel sont enroulés les fils
de cuivre isolés et contenus dans un manchon d'ébène ; les
deux extrémités de l'axe en fer doux, légèrement en saillie au
dehors du manchon, sont creusées d'un pas de vis auquel vien-
nent s'ajuster des aiguilles ou sondes en fer doux, de différen-
tes formes, de courbure et de diamètre variables, qu'on
choisira suivant les indications de chaque cas particulier.

La force de cet électro-aimant, en communication avec une
pile ordinaire au bichromate de potasse, est très considérable.
Il est facile d'en faire varier ou d'en augmenter la puissance,
en employant une pile d'intensité plus considérable et com-
posée au besoin de plusieurs couples : un seul suffira ordinairement.

(1) On the extraction of chips of iron or steel from the interior of the eye par
Hirschberg. (Archives of ophtnalmology, déc. 1881, p. 369.)

L'électro-aimant de Hirschberg a reçu depuis diverses modifications, d'ordre tout à fait secondaire et qu'il est sans intérêt de faire connaître. D'une manière générale, les avantages de l'électro-aimant sur l'aimant paraissent indiscutables lorsqu'il s'agit d'extraire des parcelles de fer ou d'acier logées à l'intérieur de l'œil. Dans son observation communiquée à la Société de Chirurgie, Galezowski s'était servi d'un petit bâton aimanté construit par Collin et chaudement recommandé par Yvert :

« La supériorité incontestable de la puissance attractive des électro-aimants sur celle des simples aimants ne saurait, dit-il, entrer en ligne de compte ; par la raison que point n'est besoin pour des recherches de cette nature, d'instruments très puissants et très énergiques ; et qu'assurément, un aimant ordinaire, capable de soutenir quelque grammes seulement. suffira grandement pour arriver au but qu'on se propose. Cette méthode ne deviendra réellement pratique que le jour où elle pourra être mise à la portée de tous et où elle ne sera pas entravée par un appareil instrumental d'un prix élevé et d'un maniement difficile.

» Aussi sommes-nous intimement persuadé que les instruments les plus simples seront toujours les meilleurs ; et pour ce motif nous ne saurions trop recommander l'emploi, à peu près exclusif, du petit bâton aimanté, construit par Collin, qui joint la légéreté à l'élégance. Il se compose tout simplement d'un petit cylindre aimanté, long de deux centimètres, et large de trois millimètres environ ; il est d'un prix peu élevé, d'un transport facile et assez puissant pour attirer toutes les particules métalliques contenues à l'intérieur du globe de l'œil. Nous avons constaté, en effet, à plusieurs reprises, qu'il pouvait facilement soulever des morceaux de fer ou d'acier, pesant près de deux grammes, puissance bien suffisante pour les besoins de la pratique ophthalmologique......

» Inutile d'insister sur la description des nombreux électro-aimants mis en circulation par des inventeurs plus ou moins instruits, et ingénieux ; mais qui en somme ne présentent réellement aucun intérêt pratique... (1) »

Nous ne partageons pas, en ce qui nous concerne, l'opinion un peu dédaigneuse d'Yvert pour les électro-aimants qui nous paraissent au contraire bien supérieurs, pour le but qu'on se propose, au petit bâton aimanté élégant et léger, de deux centimètres sur trois millimètres, construit par Collin : la question de la puissance attractive nous paraît capitale : les éclats de fer logés dans l'œil sont ordinairement de très petites dimensions, c'est vrai, un aimant d'une force minuscule les soulèvera aisément. Soit, mais lorsqu'il s'agit d'*attirer à distance* un éclat perdu par exemple dans l'humeur vitrée, il ne sera pas indifférent du tout, pour le succès de l'opération, d'avoir à sa disposition une forte puissance magnétique. Hirschberg a entrepris à ce sujet des expériences intéressantes avec son électro-aimant capable d'enlever facilement un poids de 50 grammes. Plaçant de petits morceaux de fer dans un liquide mucilagineux, dans de l'humeur vitrée, il a cherché à les attirer et à réussi mais à de courtes distances ne dépassant pas 5 millimètres. Avec un aimant de faible dimension comme celui proposé par Yvert il est plus que probable que le résultat eût été négatif.

Le Dr Grüning a fait construire, pour l'usage spécial des oculistes, un aimant permanent, composé de six lames parallèles et capable de soulever un poids d'une cinquantaine de grammes (2) mais nous le répétons, la faveur des chirurgiens qui se sont occupés de la question est surtout pour l'électro-aimant, plus léger, bien en main, d'un maniement très simple, pour des praticiens habitués à se servir journellement du galvano-cautère, devenu d'un usage si courant depuis l'adoption des batteries à immersion.

Dans un travail qui date de quatre années déjà, Knapp se

---

(1) Loc. cit., p. 557-558.
(2) The Med. Record. New-York, 1880.

prononce hautement en faveur de l'électro-aimant après essais comparatifs avec l'aimant (1). Pooley de New-York partage la même opinion, le Dr Wolff de Glasgow également.

C'est encore à l'électro-aimant qu'ont eu recours à l'hôpital de Manchester, le docteur Glascott et le docteur Little, dans une série de cas rapportés l'an dernier dans l'Ophthalmic Review : détail caractéristique de la fréquence de ces accidents produits par les éclats métalliques, le même jour le docteur Glascott employait l'électro-aimant sur trois blessés et réussissait à extraire par ce moyen un fragment situé dans l'iris, un autre siégeant dans le corps vitré. Le troisième cas se rapportait à un éclat d'acier fixé dans la sclérotique près du nerf optique, mais toutes les tentatives d'extraction échouèrent.

Dans tout ce qui précède, nous avons exclusivement parlé de corps métalliques logés *à l'intérieur* de l'œil : l'efficacité de l'électro-aimant est maintenant établie par des faits trop nombreux pour qu'on puisse, ce semble, la mettre en doute. Il n'en est pas de même lorsqu'il s'agit d'extraire avec l'aimant les paillettes de fer ou d'acier implantées dans l'épaisseur de la cornée ou situées à sa surface.

Personnellement nous n'avons aucune expérience sur ce sujet : n'ayant jamais éprouvé de difficulté à extraire ces particules avec l'aiguille ordinaire, l'idée ne nous est pas venue de recourir à un autre mode d'extraction. Depuis la récente découverte des propriétés anesthésiques de la cocaïne, une facilité de plus rend cette petite opération également aisée sur tous les sujets indistinctement, qu'ils soient ou non pusillanimes.

Il n'y a donc que fort peu d'intérêt à discuter la valeur de l'aimant ou de l'électro-aimant en pareil cas, valeur encore très contestée. Ce qui doit contribuer à entretenir cette divergence d'opinions, c'est l'impossibilité où l'on se trouve souvent, en présence d'un corps étranger de la cornée, de savoir si l'on a affaire à un fragment de métal ou à un simple grain de

(1) Archives of ophthalmology (1830, n° 2).

poussière ou de charbon , auquel cas il ne faudrait pas s'éton-
ner d'un échec avec l'aimant. Parfois, la présence de la rouille
sera caractéristique et permettra de poser un diagnostic cer-
tain sur la nature du corps étranger qu'il s'agit d'extraire.

A en croire certains auteurs, l'aimant peut rendre d'impor-
tants services dans les cas de corps étrangers de la cornée et il
faudrait compter sérieusement avec ce procédé, si l'on en juge
par le récit suivant de Mac Hardy : « Me promenant un jour dans
une grande manufacture de cables télégraphiques, nous dit-il,
l'idée me vint de demander à quoi pouvaient bien servir de
puissants électro-aimants que j'aperçus ; et j'appris alors que
les employés, quand ils avaient un œil blessé par un morceau
de fer ou d'acier, au lieu de recourir à un camarade adroit,
avaient l'habitude d écarter largement les paupières, et d'ap-
procher l'œil blessé du pôle d'un puissant électro-aimant ; avec
ce résultat constant que le morceau, si petit qu'il fût, aban-
donnait immédiatement la cornée. » (British méd. journal,
mars 1881).

Pour d'autres, l'emploi de l'aimant est inutile ou illusoire :
le docteur Baudon (de Nice), ancien médecin de la fonderie
et de l'école de pyrotechnie de Bourges, où sont employés un
grand nombre d'ouvriers travaillant le fer et l'acier, et qui
par conséquent a vu un très grand nombre de corps étrangers
de l'œil, regarde comme inutile l'aimant dont l'action est nulle
en présence de ces petites paillettes métalliques à peine visibles
à la loupe (1).

Le docteur Yvert ne croit pas non plus à l'utilité de l'aimant :
« les résultats varieront, dit-il, suivant que le corps du délit
sera implanté profondément dans l'épaisseur même de la mem-
brane transparente ou adhèrent, au contraire, légèrement à sa
surface ; malheureusement dans la première hypothèse, les
faits et les observations cliniques démontrent qu'il n'y a pas

---

(1) Baudon A propos de l'extraction au moyen de l'aimant des fragments de
fer et d'acier dans l'œil. (Revue clin. d'oculistique, p. 197, août 1884.)

d'aimant ou d'électro-aimant assez puissant pour en pratiquer l'extraction ; et dans le cas d'adhérence légère, l'aimant peut, il est vrai, réussir quelquefois, mais tout autre instrument beaucoup plus simple, tel qu'un petit couteau ou une aiguille à corps étranger, est au moins aussi efficace et beaucoup plus commode. Intéressant au point de vue purement théorique, ce procédé n'offre en réalité aucune valeur pratique. »

C'est aussi notre avis : quand même on arriverait à extraire le corps étranger avec l'aimant, l'aiguille aurait toujours cet avantage de mieux nettoyer la petite érosion faite à la cornée par l'éclat métallique et on sait combien il est important, si l'on veut obtenir une guérison rapide, de débarrasser la cornée non seulement du corps étranger, mais encore de cette petite eschare de rouille qui l'enveloppe et retarde la cicatrisation. Dans le but de satisfaire uniquement notre curiosité, nous nous proposons d'essayer l'électro-aimant à la prochaine occasion, et elle ne se fera pas attendre car il ne se passe pas de semaine que nous n'enlevions une ou plusieursde ces petites paillettes de fer qui s'incrustent si facilement dans l'épaisseur de la cornée : nous exposerons, dans un prochain article, les résultats de cette expérimentation d'intérêt purement théorique, la question, au point de vue pratique, étant déjà tranchée.

Lille Imp. L. Danel.